APPRENTIS LECTEURS

LE PÂTÉ
DE BOUE

Lin Quinn
Illustrations de Ronnie Rooney
Texte français de Louise Binette

Éditions
■SCHOLASTIC

Pour toi, Tom chéri. Je t'aime!
— L.Q.

À Aodhan, Tommy, Katie et Peter.
— Affectueusement, tante Ronnie

Catalogage avant publication de Bibliothèque
et Archives Canada

Quinn, Lin
Le pâté de boue / Lin Quinn ;
illustrations de Ronnie Rooney ;
texte français de Louise Binette.

(Apprentis lecteurs)
Traduction de: The best mud pie.
Pour les 3-6 ans.
ISBN 0-439-95826-1

I. Rooney, Ronnie II. Binette, Louise III. Titre.
IV. Collection.

PZ23.Q85Pa 2005   j813'.6
C2004-906944-6

Édition publiée par les Éditions Scholastic, 175 Hillmount Road, Markham (Ontario) L6C 1Z7.

5 4 3 2 1   Imprimé au Canada   05 06 07 08

Je suis Roberto,

3

le grand chef.

Voici mes bols
et mes cuillères.

Voici mes casseroles
et mes poêles.

9

Mes pâtés de boue sont les meilleurs!

Mets du sable et
de la terre dans un bol.

Remue avec une cuillère.

Ajoute de l'eau,
mais pas trop.

18

Mélange des pommes de pin et des cailloux dans une casserole.

Ajoute des brindilles
au mélange.

Verse de l'eau. Oups! un peu trop!

Combine le tout dans un moule.
Garnis ton pâté de feuilles.

Sers le pâté de boue
avec un sourire!

Tout le monde veut ma recette,

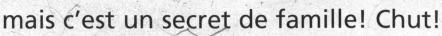

mais c'est un secret de famille! Chut!

30

LISTE DE MOTS

ajoute	de	meilleurs	sable
au	des	mélange	secret
avec	du	mes	sers
bol	eau	mets	sont
bols	et	monde	sourire
boue	famille	moule	suis
brindilles	feuilles	pas	terre
cailloux	garnis	pâté	ton
casserole	grand	pâtés	tout
casseroles	je	peu	trop
c'est	la	pin	un
chef	le	poêles	une
combine	les	pommes	verse
cuillère	ma	recette	veut
cuillères	mais	remue	voici
dans			